...UÍ COMO EL COQUÍ

NOMAR PEREZ

Traducido por FARAH PEREZ

Dial Books for Young Readers

En San Juan, Miguel llevaba a su mascota, Coquí, a todas partes.

Lo llevaba a jugar pelota con sus amigos,

a la charca del parque

y a comprar quesitos,
su merienda favorita,
en la panadería.

Coquí era parte de la familia. Miguel siempre traía a Coquí a la cena en casa de sus abuelos. Hasta parecía que Coquí escuchaba a la familia mientras contaban historias y se reían.

—¡Abuelo, cuéntame la historia de la vez que conociste a Roberto Clemente!"—dijo Miguel, a pesar de haber escuchado la historia miles de veces. Al abuelo de Miguel le encantaba la pelota tanto como a él.

En casa, los sonidos de la noche arropaban a Miguel mientras él se acurrucaba en su cama. Coquí y sus amigos lo ponían a dormir con su canto.

COQUÍ COQUÍ

COQUÍ

COQUÍ

COQUÍ

Una mañana Mamá y Papá tenían algo importante que decirle a Miguel:

—Nos vamos pa' allá afuera, mijo.—Sus padres decidieron mudarse a los Estados Unidos.

—¿Y allá fuera juegan pelota?— preguntó Miguel.

—Definitivamente—dijo Papá.

—¿Y hay quesitos?

—¡No sé, Miguel, pero vamos a ver—contestó Mamá.

Miguel comenzó a empacar sus cosas en Puerto Rico, pero su mente pensaba en todas las cosas que iba a extrañar:

volar chiringas en el Morro,

trepar el árbol de mangos en casa de sus abuelos

y tocar el güiro en las parrandas de Navidad con sus familiares y amigos.

Pero más que todo, Miguel iba a extrañar a Coquí.

—Quisiera poder traerte conmigo—le susurró a Coquí en el aeropuerto.

—Coquí, coquí—respondió su amigo.

—Adiós, Coquí—dijo Miguel mientras ponía a Coquí en las manos de su abuelo.

—No te preocupes, Miguelito, todo va estar bien—le aseguró su abuelo.

—La canción de Coquí estará contigo donde quiera que vayas. Coquí estará en tu sonrisa, en tus abrazos, en tus nuevas aventuras y, sobre todo, en tu corazón—dijo el abuelo mientras sacaba del bolsillo una pequeña sorpresa.

¡Era una bola vieja de pelota firmada por el famoso jugador Roberto Clemente!

—Wow, ¿para mí?—preguntó Miguel sorprendido.

—Sí—dijo el abuelo sonriendo—. Para que te acompañe a donde quiera que vayas.

Miguel se quedó dormido en el avión agarrando la
bola de pelota.
—¡Mira, mijo, mira!—dijo Mamá, despertándolo.
Abajo se veían muchas lucecitas brillando.
—¡Mira lo alto que son los edificios!

Cuando llegaron al apartamento,
Miguel no podía creer lo pequeño que era
comparado con su casa en San Juan.
   Mientras desempacaban en su nuevo
hogar, Miguel dijo con tristeza:
   —Mamá, extraño a Coquí.

—Yo sé, mijo, y yo extraño a Abuelo y a Abuela también
—dijo Mamá en voz baja.

—Sí, extraño sus abrazos—dijo Miguel.

—¿Por qué no vamos afuera y exploramos el vecindario
antes de que llegue Papá del trabajo? Así nos despejamos.

Las calles estaban llenas de personas, sonidos y cosas interesantes. Las palabras en español danzaban con el viento entre otros idiomas desconocidos. Miguel estaba abrumado con tantas cosas nuevas.

Entonces Miguel y Mamá se toparon con algo muy familiar:
¡un parque!

—Mira, Mamá, tienen empanadillas—dijo Miguel
emocionado al ver otra cosa que reconocía.

Mientras caminaban hacia el vendedor de frituras, Miguel escuchó un sonido interesante que le llamó la atención.

—¿Coquí?—preguntó Miguel buscando
de donde venía el sonido.

Encontró un pequeño estanque lleno de sapitos brincando,
salpicando y atrapando moscas con sus lenguas, igualitos a Coquí.
—¡Mamá, mira! ¿Me puedo llevar uno a casa?—preguntó
Miguel. Mamá se rió y dijo:—No, mijo, sigamos explorando.

Cuando llegaron a un parque de pelota
cerca del estanque, Mamá exclamó:

—¡Vamos a jugar, Miguel! Tírame la bola.
—Miguel seguía extrañando a Puerto Rico,
pero jugar pelota con su bola de Roberto
Clemente lo hacía sentir mejor.

Después del juego, Miguel y Mamá decidieron volver a la casa. De camino vieron una panadería parecida a las que había en Puerto Rico, y ¿adivina quién estaba allí con una caja de quesitos en las manos? ¡Papá!

En casa, el sol bajaba lentamente
tras los edificios mientras Miguel y
sus padres cenaban. Estaban cansados
después de un largo día, pero lo
habían disfrutado mucho.

Los sonidos de la noche arropaban a Miguel mientras él se acurrucaba en su cama. Se escuchaba música jíbara a lo lejos, en la casa del vecino. Miguel susurraba «coquí, coquí», mientras recordaba a su Coquí y a todas las personas y lugares que amaba en Puerto Rico. Siempre estarían cerca de su corazón, sin importar a donde él fuese. Algunas cosas eran definitivamente diferentes en Nueva York, pero algunas cosas eran exactamente iguales.

A mi esposa Farah, por su constante apoyo y amor.

A mis hijos, Nathanael, Jacob y Aliah por inspirarme.

A mis padres, Papito y Mamita, quienes sacrificaron todo por
movernos a los Estados Unidos con seis hijos.

A todos los puertorriqueños que viven en y fuera de la isla:
continuemos dejando huellas en este mundo.

Dial Books for Young Readers
An imprint of Penguin Random House LLC, New York

First published in the United States of America by Dial Books for Young Readers,
an imprint of Penguin Random House LLC, 2021

Visit us online at penguinrandomhouse.com.

The Library of Congress has cataloged the English edition as follows:

Names: Perez, Nomar, date, author, illustrator.
Title: Coquí in the city / Nomar Perez.
Description: New York : Dial Books for Young Readers, 2021. | Audience:
   Ages 3–7. | Audience: Grades K–1 | Summary: "When Miguel and his parents move from
   Puerto Rico to the U.S. mainland, Miguel misses their home, his grandparents, and his
   pet frog, Coquí, but he soon realizes that New York City has more in common with back
   home than he originally thought"—Provided by publisher.
Identifiers: LCCN 2020027820 (print) | LCCN 2020027821 (ebook) | ISBN 9780593109038 (hardcover)
   ISBN 9780593109045 (ebook) | ISBN 9780593109052 (kindle edition)
Subjects: CYAC: Moving, Household—Fiction. | Puerto Ricans—New York
   (State) New York—Fiction. | Frogs—Fiction. | New York (N.Y.)—Fiction.
Classification: LCC PZ7.1.P44749 Co 2021 (print) | LCC PZ7.1.P44749 (ebook) | DDC [E]—dc23
LC record available at https://lccn.loc.gov/2020027820
LC ebook record available at https://lccn.loc.gov/2020027821
Printed in the United States of America
ISBN 9780593324073

10 9 8 7 6 5 4

Design by Mina Chung • Text set in Caecilia Com